“小学生前沿科学奇遇记”系列

奇怪的机器人商店

[韩] 郑在恩 著 [韩] 金重锡 绘 高思宇 译

中信出版集团 | 北京

科学家有话说

带你走进想象和梦想的非凡世界！

小朋友，你们想象中的机器人世界是什么样的呢？作为引领机器人科技发展的年轻一代，你们的小脑袋里一定充满着对未来机器人世界的想象吧？我作为一名机器人工程师，非常好奇你们的小脑袋里装着怎样的世界。这本书的故事非常生动有趣，读过之后，我感觉自己向你们的内心世界更靠近了一步。你们是不是也希望自己拥有一个“机器人妈咪”？是不是希望有一个机器人能帮你们做作业、打扫房间？如果我说只要好好学习，你们每个人都有可能亲手设计出这样的机器人，你们是不是很激动？

你们听说过 HUBO 吗？那个人形机器人。它是继日本发明的阿西莫之后第二个能够直立行走的机器人。HUBO 的诞生让韩国一举成为世界机器人大国。HUBO 的诞生是无数科学工作者辛勤劳动的结果，正是因为他们对科学技术锲而不舍的钻研才有了这一重大成果，直到现在，他们仍没有停止钻研的步伐。不管是HUBO还是阿西莫，它们还远远没有达到电影里变形金刚的水平，只有科学技术取得新的突破，机器人才能得到进一步升级。

想要设计制造机器人，需要具备很多种知识、技术，比如要了解机器人的大脑，也就是人工智能，还要了解机器人的感知器官，也就是它们的传感器，还要了解影像技术、语音技术等。也就是说，要想成为一名机器人工程师，不仅要有对机器人的热爱，还要一点一点地积累专业知识。要想研发出世界上最聪明的机器人，就要做好学习世界先进知识和科学技术的准备。

这本书中描绘的世界大概就是我们理想中的完美世界了。希望这本书能够激发你们的想象力，助你们成为优秀的机器人工程师。作为一名机器人工程师，我非常希望有更多人加入我们的队伍，一起努力，研发出领先世界的机器人。

从现在开始，未来属于你们。

吴俊镐

韩国机械工程学教授

故事大王有话说

小朋友，你想成为机器人工程师吗？

提到机器人，你们会想到什么？机动战士高达？还是机械战警？有没有想起电影《变形金刚》里的汽车人？据说汽车人是外星人，不是机器人。

我最先想起来的是扫地机器人，是不是有点儿没意思？没办法，谁叫我是个不喜欢打扫的老阿姨呢。扫地机器人刚上市的时候，我立马买了一台。现在的扫地机器人越做越高级，看到现在的最新款，我总会发出感慨："机器人也像人一样，会从小孩子长成大人，一步一步走向成熟啊。"现在的机器人能自己感知周围环境，做出判断，虽然它没有生命，但又真的像活着一样，十分神奇。

在写这本书的时候，我对未来机器人世界的样子有过很多想象，想着想着，我突然想到了"梦想"这个词。机器人可以说是人类最特别的梦想了吧？看似难以实现，却又充满无限可能。

很久很久以前，人类开始有了制造机器人的梦想。他们梦想着能制造出会自己移动的机器。为了实现这个梦想，人类开始学习科学技术，坚持不懈地做实验。最终，人们终于研发出了机器人，让机器人帮助人类工作，让人类的生活更加便利。如果最初人类没有梦想，也没有为了梦想奋斗，那么就没有现在这个机器人的世界了。

非常希望每个小朋友都能拥有自己的梦想，不是大人的期许，而是真正的、属于自己的梦想。已经拥有梦想的小朋友不要忘记寻找实现梦想的具体方法，仔细寻找，一定能找到的。

无论你们的梦想是什么，我都会为你们加油鼓劲的，加油！

对了，如果你们身边有人想成为机器人工程师，能不能帮我一个忙？能不能让他帮我制造一个机器人？我想要一个能帮我找东西的机器人，像什么钥匙啊，手机啊，遥控器啊这类的小物件。最好它能长得像一只可爱的小狐狸，平时能和我做朋友。要是真的有这种机器人，我这个总是丢三落四的老阿姨会非常开心的。拜托啦！

郑在恩

目录

第 1 章

真真机器人医院

“14 时 11 分，江真真已通过校门。”

我一边朝校门外张望，一边学着校门安全系统的声音给机器人妈咪发送消息。

“真真，你还在找机器人妈咪啊？”露美从后面拍了一下我的肩膀，对我说道。

“哪有！我没找机器人妈咪，嘿嘿。”

我今年可是 10 岁了，已经可以自己回家了。可是有时候我还是希望我的机器人妈咪能来接我。一年级的时候，机器人妈咪每天都来接我放学，我很喜欢在一群长得差不多的机器人父母中间找它。

“你要往里面藏一藏，不要站在太明显的地方，太好找就不好玩儿了，一定记得好好藏着啊！”

那时候，我每天早上都要这样叮嘱一遍才去上学。一到放学时间，我就开始了捉迷藏游戏——在人群中找机器人妈咪。机器人妈咪有时会藏在角落里，有时会和其他机器人摆出同样的姿势，或者故意瞧着别的地方，不和我对视。这些小伎俩都难不倒我，我每次都能找到它。那个时候，在一群长得很像的机器人中间找到机器人妈咪，我会有些紧张地摇着它的胳膊确认它是不是我的机器人妈咪，它的胳膊硬硬的、凉凉的。每次我找到它时，它都会失望地说：“明天一定不让你找到我。”

虽然机器人妈咪每天都说要好好藏，但我可是名侦探真真，想要瞒过我的眼睛是不可能的。

“现在没有什么机器人父母来学校接孩子了，你瞧，全都是鸟来接。”

学校门口，一群鹦鹉落在墙头，它们都是来接低年级小朋友放学的。准确地说，不是鹦鹉，而是一种新型机器人。这些机器鹦鹉就像小精灵一样在天上飞来飞去，帮助小朋友找到回家的路。

扑棱棱，一群鹦鹉突然飞了起来。仔细一看，原来是它们身后来了一位叔叔，他正挥舞着双手追赶着鹦鹉。咦？不对，好像是在抓它们？鹦鹉们为了躲避奇怪的叔叔，都飞到了高高的树梢上。

那位叔叔没了办法，只能在树下叫："就显摆你们会飞了是吧？哼！让你们尝尝电磁波网的厉害！"

说着，叔叔从身后的口袋里掏出了一个像苍蝇拍的东西，拿在手里挥舞着。这时，一道彩虹样的光线射了出去，一只鹦鹉被那道光线射中，啪的一下掉了下来。那道光太强烈了，照得我闭上了眼睛，再次睁开眼时，那位奇怪的叔叔已经不见了。

"露美，你看到了吗？刚才好像有个叔叔把机器鹦鹉抓走啦。"

"我没看到啊，怎么可能啊，是你看错了吧，学校操场上的安全设施那么厉害，哪里有人敢在学校门口抓鹦鹉呢。"

"应……应该是我看错了吧？学校门口这么多人看着呢，应该不会有人敢偷机器人吧？"

我也觉得应该是自己看错了，但心里还是觉得怪怪的。

“你看那机器鹦鹉，真的太可爱了，是吧？听说还能拿它当宠物呢。还有啊，我想买一只机器狗，我们家没有机器人，也没有机器动物，只有人，太无聊了。你家怎么样？”

我没有回答她的问题，只是呵呵笑了几下。她其实知道我家有很多机械胳膊和机械腿。

“什么样的机器人比较好呢？这个问题应该去问问你爸爸，今天我要去你家。”

露美直接自己做了决定，都没有问问我的意见。自来

熟其实算是她的魅力之一。但是……她得过我家机器人妈咪这一关！

因为我听到了机器人妈咪的声音："露美，你得跟你妈妈说一声才能去我家玩。"

我和露美都被吓了一跳，一齐回头看去。

"啊，机器人妈咪，你是来接我的吗？之前也没说要来接我啊。"

我一下子抓住了机器人妈咪的胳膊。它的胳膊硬硬的、凉凉的，我非常喜欢这种感觉。

"我刚才去了一趟市场，顺路。"

表面上冷冰冰的，其实它心里根本不是这样的。机器人妈咪这种外冷内热的性格都是因为妈妈。

妈妈是一名机器人工程师。正是妈妈设计了机器人妈咪的人工智能软件系统，她还把机器人妈咪的声音设置成了自己的声音——冷冰冰的。可能就是因为机器人妈咪的声音和妈妈的声音太像了，所以当初我很快就喜欢上了机器人妈咪。可是也有人觉得机器人妈咪的声音太冰冷了，显得有些骄傲自大。露美也这么觉得。

“真真，你的机器人妈咪怎么总是那么没礼貌？所有机器人里，只有你的机器人妈咪不说敬语。”

其他机器人父母都是在工厂里一批一批地生产出来的，它们都被设置成了说敬语的模式。但是机器人妈咪和它们不一样，它特别聪明，能区分出大人和小孩，跟大人说敬语，跟小孩不说敬语。

“因为机器人妈咪是大人啊。”

“一个机器人还分什么大人小孩啊……”露美撇了撇嘴。

我一直都把机器人妈咪当作真正的大人。从我 7 岁开始一直到现在，机器人妈咪一直在照顾着我和我的家人，

是一个真正的“大人”。

机器人妈咪是S公司研发出来的家用人形机器人，编号R007。妈妈把R007号买回家后，给它换上了最新硬件处理器，还给它装上了亲自设计的最新人工智能软件系统。所以机器人妈咪比一般机器人都聪明，也能很好地做出判断、学习更多本领。它只是外形是R007罢了，其实和其他机器人非常不一样。

“真真，妈妈不在时，机器人妈咪会替我好好照顾你。只要等我一年就好，坚持住。”

妈妈把我交给了聪明的机器人妈咪，然后她就去了遥远的外太空基地。

机器人在外太空基地发挥着非常重要的作用，它们能帮助人类把出了故障的宇宙飞船修好，还能代替人类探测其他星球、建造新的外太空基地。而妈妈是管理这些机器人的人。

说好的在火星只待一年，可是妈妈离开我已经快三年了。妈妈没有遵守和我的约定，嗯……其实也不是完全没遵守。机器人妈咪的确把我照顾得很好，比妈妈照顾得还要好，能有机器人妈咪在身边我已经很满足了。

爸爸在研究所门口站着，手里拿着锤子。爸爸和妈妈一样，也是研究尖端科学的机器人工程师，但是爸爸非常喜欢锤子、锯子、木工刨这些非常原始的工具，见到品相好的木头，更是喜欢得不得了。爸爸说，想象力是科学家的生命，所以他经常把木头切断、磨平，最后做出一些别人想象不到的东西。其实把这些活儿交给机器人的话，机器人能马上做好。

“真真，快来看啊！哦？露美也来啦，正好，你们两个都来看看我的新作品。”

爸爸把他用木头做成的牌子展示给我们看。

“真真机器人医院？这是什么呀？”

“我决定把研究所的名字改成‘真真机器人医院’，就是研究机器人零部件、修理机器人故障的医院。有了这个名字，研究所就变成了一家带有人情味的机器人医院。怎么样，不错吧？”爸爸左手拿着锤子，右手提着牌子，神气十足地说。没想到这个土里土气的木牌和锃光瓦亮的大楼还挺配的。

“嗯，还不错。”

听了我的回答，爸爸更开心了，他转头向机器人妈咪问道：“机器人妈咪，你觉得怎么样？还不错吧？是不是很酷？”

“您的研究所您说了算。”

机器人妈咪的回答总是这么酷，逗得露美哈哈笑了起来。

“叔叔，这是什么呀？好像和历史剧里的木头招牌差不多，会不会过时了？”

“你很懂行嘛，这叫古风，我就喜欢这种古风的感觉。”

一向都很积极乐观的爸爸把露美的话直接当作了称赞，他开心地提高了嗓门：“我的研究所虽然研究的是尖端科技，但也绝对不会忘记大自然的美好。瞧瞧这木牌上的纹路，多么古朴，我太喜欢它了，只有这种木头招牌才能展现出机器人医院设立的初衷呀。我的小招牌，别着急，我保证把你钉得结结实实。”

爸爸把锤子举得高高的，这时，我的直觉告诉我，事情不妙。

“爸爸，让机器人妈咪帮您……”

话还没说完，爸爸就砸到了自己的手指。

“啊——”

爸爸攥着受伤的手指疼得直跳脚。虽然没有看到伤口的状态，但是爸爸皱成一团的脸告诉我，他一定伤得很严重。

这时，机器人妈咪提着药箱走了过来。

“江博士，请伸出您的手指。”

爸爸就像听话的孩子一样，乖乖地伸出了手指。淤血的大拇指大概肿起了三分之一，看着就非常非常疼。机器人妈咪给爸爸的手指消了毒，擦了药，缠上了纱布。

“您当过医生，伤口护理常识就不用我说了吧？”

爸爸经常受伤，而且在成为机器人工程师之前，他是一名骨科医生。

爸爸喜欢极限运动，喜欢那种一不小心就会丧命的运动：骑着自行车在台阶上表演绝技，背着降落伞从飞机上跳下来……年轻的时候，爸爸还非常喜欢翼装飞行——穿着像小鸟翅膀一样的衣服从很高的楼顶飞下去。在一次飞行中，爸爸出现了失误，导致右腿大腿以下部分都要截肢。医生给爸爸装上了一条机械腿，从此爸爸变成了一个电子人。爸爸被机械腿的魅力深深吸引，于是他开始学习机器人工程，最后成了一名用机器人技术制作人体器官的机器人工程师。

机器人妈咪把爸爸没挂好的招牌重新挂到了门口，然后大步走进了房间。它的背影给人一种可靠的感觉。

“希望我家新买的机器狗也能像机器人妈咪那样聪明，现在的机器人都像人一样聪明……”

其实露美心里清楚，机器人是不可能和人一样聪明的。

什么是机器人?

机器和机器人有什么区别?

机器是能运转、能变换能量或产生有用功的装置。比如说电梯、小汽车、洗衣机、电饭锅这些机器都是用来替人类做事情的。从这个角度来说，机器人也是一种机器，对吧？但是机器人又和电梯、洗衣机有点儿不一样。一个机器想要成为机器人，需要一些特殊的条件。

成为机器人的条件	1. 必须能够自己移动。 2. 必须能够对周边情况自动做出反应。

也就是说，机器人是一种很高科技的东西，它会自己做出判断，也会根据判断做出相应的行动。现在有很多机器虽然没有像机器人那样被设计成人类的模样，但也发挥着机器人的作用。有些机器已经被装上了传感器和自动运行设备，有了它们，即使没有司机，汽车也可以自动行驶，是不是很神奇？

机器人也会有感情吗？

电影或动漫里有很多和人类很像的机器人，它们不仅能帮助人类做一些累活儿，还和人类像朋友一样相处。你们看了这些，估计也会产生很多关于机器人的想象。那么，机器人会不会有感情呢？以现在的科学技术研究来看，机器人很难有自己的感情，但是人类一直在为创造拥有感情的机器人而努力。

几年前，韩国研发出了一个名叫 Kibot 的机器人，它的眼睛可以前后左右转动，眼皮和眉毛也可以灵活移动，嘴巴是用橡皮制成的，可以做出很多种表情，不仅可以露出暖心的微笑，生气时还会紧皱眉头，真的是一个非常有亲和力的机器人。除了这个，韩国还研发出了能帮小朋友学英语的机器人，能提高老爷爷和老奶奶记忆力的机器人。机器人有时像老师，有时又像我们的朋友，它们出现在我们身边，让我们的学习生活变得更有意思。

赛蒙机器人商店

第2章

奇怪的机器人商店

“唉，真真，我可真羡慕你呀……”露美叹了一口气说道。

这话她已经说了好几天了。没等她把话说完，我就开口说：“因为我爸爸是机器人工程师？要是有想要的机器狗，他就能马上按照要求做一个出来？”

露美看了我一眼，扑哧一声笑了。

“我妈妈说机器狗太贵了，可是不买机器狗的话，我也不知道该买什么了。”

“也不一定非要买新的机器人啊，听说二手的也很不错。”

“真的吗？”

听到这，露美激动得眼里放出光芒。我们两个一起向学校门口新开的二手机器人商店跑去。

二手机器人商店里一个人也没有。店门口摆放着很多二手机器人，露美在那些机器人中找到了机器狗，她摸摸这儿，摸摸那儿，开心得不得了。我观察了一下这家店，可能是因为灯光不是很亮，房间里有些阴森森的。屋子的角落放着一张黑色的桌子，看起来是用来修机器人的。桌上放着各种各样的机器设备，之前很有名的超级铁拳机器人，可以贴在玻璃上的玻璃清洁机器人，还有在学校门口经常可以看到的机器鹦鹉，都被堆在桌子上。有的机器人已经被拆开了，主体和零部件散落在桌面上，有的机器人还保持着完整的样子，但也是像废铁一样被丢在那里。这里不像是机器人商店，倒像是一家机器人修理店。黑色桌子旁边有一扇很大很厚的铁门。铁门半开着，我情不自禁地向里望去。

“谁呀？”

一个叔叔突然出现在铁门后面，吓得我差点儿坐到地上。

“我，我是买东西的。”

“买东西的？”

叔叔突然换了脸色，微笑了起来，表情非常别扭，好像这是他出生以来第一次微笑一样。不仅微笑别扭，他长得也有点儿奇怪，下半身太长了，好像一个站在高跷上的小丑，戴在一边耳朵上的圆形机器又让他看起来像一个机器人。那张脸……好像在哪里见过。

“我是这家店的店主赛蒙，你想买什么？”

啊！想起来了，他就是我之前在学校门口看到的那个抓机器鹦鹉的怪叔叔。

“您就是之前在学校门口抓机器鹦鹉的那个……”

“说，说什么呢？你要买什么？”

赛蒙把堆在桌子上的机器人一股脑儿都装进箱子，然后又把箱子扔到了铁门后面。一只机器鹦鹉掉在铁门前，赛蒙一脚把它踢进了屋子里。

“我们想买一只机器狗。”

“机器狗在大门口。”

我和叔叔一起向外走去，这时我又偷偷看了一眼叔叔

的耳朵，最终还是没忍住，问了出来：“叔叔，您耳朵上戴着的是什么啊？”

“怎么？很奇怪吗？”

“也不是，我只是有点儿好奇。”

“这是听力辅助器，有了它，远处的细微动静我都能听到。这是我从机器人废品上拆下来的，别看它看起来不怎么样，其实特别好用，一千米之外的人说我坏话我都能听得一清二楚。人类的耳朵不行，太迟钝了。”

“叔叔，您也是机器人工程师吗？”我指着混乱叠放在一起的机器人问道。

赛蒙没好气地说：“我要是机器人工程师，早就把浑身上下都换成机器了……话说回来，你们选好机器狗了吗？”

露美抱着三只机器狗看向我们，摇了摇头。

“真是不知道选哪个好了，每个都想要，可是每个也都有不太满意的地方。让我再挑一挑好吗？”

叔叔一把把我们推到了店外，哐的一下关上了门。我们竟然被他赶了出来！

这几天，学校有个奇怪的传闻——一到晚上就会出现机器人幽灵，它会把机器人带到天堂去。露美和我说这件事的时候，一直嚷嚷着说好吓人。可是，这个世界上怎么会有幽灵呢？

“这个世界上哪有幽灵啊，大家只是嘴上说着有幽灵，但是从来没有人从科学的角度证明过幽灵的存在。还有，机器人即使死了，也不可能变成幽灵啊。机器人一开始就不是活着的啊，它没有生命，没有生命的机器人怎么可能死，更不可能死了变成幽灵啊！”

听了我的话，露美把眼睛瞪得大大的，好像一只兔子。

“真真，没想到你会这么说，那你家机器人妈咪也是死的吗？”

啊，不对。机器人妈咪在我心里一直都是有生命的存在。机器人妈咪是机器人妈咪，它和别的机器人不一样！可是……它也的确是个机器人。

真的有很多机器人都不见了。同学们带到学校的机器人不见了，看守校门口的机器眼也不见了，送低年级学生回家的两只机器鹦鹉也丢了。老师们说，这是小偷搞的鬼，不是机器幽灵把它们带走了，让大家暂时不要带机器人到学校来。

“是说机器鹦鹉不见了对吧？”透过教室的窗户，我看着那些机器鹦鹉说道。

几天前看到那个叔叔在追机器鹦鹉，他又是二手机器人商店的店主，店里放着一堆被拆开的机器人鹦鹉，他耳朵上戴着的听力辅助器是从机器人身上拆下来的……这一切都很可疑，那个叔叔会不会就是偷机器人的小偷？我，名侦探真真，一定要把这件事查个水落石出！

“露美，你要不要和我一起去一趟赛蒙叔叔的店？”

“去那里干什么？”

要是告诉她赛蒙可能是偷机器人的真凶，她肯定害怕得不敢跟我一起去了；要是告诉她我是去做便衣警察，偷偷调查赛蒙，因为有点儿害怕，所以想让她陪着我，她肯定拦着我，不让我去，说不定她还会把这件事告诉机器人妈咪呢。

想到这里，我对露美说：“你不是想买机器狗吗？那里最便宜了。”

“可是，那个叔叔凶巴巴的……要不，要不我们再去看看？”

就这样，露美在什么都不知道的情况下跟我朝二手机器人商店走去。

我们再次来到了这家有点儿阴森、有点儿奇怪的机器人商店。赛蒙低着头坐在桌子前。

“您好，我们来买机器狗。”

听到声音，赛蒙一下子抬起了头，眼镜在他的鼻子上晃了一下。他的眼镜上装了一个奇怪的镜片。

“啊，我看不见东西……看见了……还是看不见……哎呀，晕死了，这是什么破烂东西。”

赛蒙语无伦次地说完后，身体摇晃了几下，把眼镜摘下来甩了出去。眼镜正好掉在我脚边，我下意识地把它捡起来戴在了自己的脸上，焦点对不上，眼前一会儿清晰，一会儿模糊。

“这是什么？”

“人类的眼睛能看到的东西太少了，我想要既能看到很小的东西，又能看得很远的眼睛，小到能看清纳米颗粒，远到能看到地球平流层，还能透过墙、透过铁门看到另外那边的东西。怎么样？是不是很酷？要是有那样的机械眼，我肯定第一时间把自己的眼睛摘下来换上。反正现在有一只眼睛也不是我自己的。现在还没有这么高级的机械眼，所以我要造一个这样的眼镜。用废品肯定是做不出来的，但是我还是想试试。”

赛蒙想要的这种眼睛我家研究所里就有，不，现在应该叫它机器人医院了。只要装上它，人就不再需要显微镜和天文望远镜，什么东西都能看得一清二楚。要是被赛蒙知道了，他会马上把自己的两只眼睛摘下来，换成机械眼吗？机械器官那么贵，他应该会稍微考虑一下吧？

“真真机器人医院里有这种眼睛，也就是我爸爸的机器人研究所，我爸爸是专门制作机械器官的机器人工程师。”

“真的吗？真真机器人医院？还是机器人工程师？好的，我知道了！太感谢你了。对了，你们刚才说要买什么来着？是要买机器狗吗？过来挑挑吧，这里有卷毛狮子犬、珍岛犬，还有西施犬。”

一旁的露美早就把卷毛狮子犬、珍岛犬、西施犬抱在怀里抚摸了上百遍了。赛蒙脸上挂着别扭的微笑，温柔地对我们说：“你们想要什么样的机器狗？想要聪明的就选卷毛狮子犬，识字还会说外语。珍岛犬也不错，珍岛犬是所有狗里对主人最忠诚的了，有了它，就不需要机器人保安了。西施犬有点呆头呆脑的，家里要是有小孩子的话，西施犬最适合不过了，它很会陪孩子玩。”

“卷毛狮子犬腿太细了；珍岛犬虽然很漂亮，可是太大了，狗狗太大的话带出去玩也不方便；西施犬又太胖了，看到它我就想吃东西，总和它待在一起，我也会变胖的吧。”

来之前还说想买一只像机器人妈咪一样聪明的机器狗，可到了这里露美只看狗狗的长相，完全没有关注机器狗的功能。我知道露美心里最想要的是什么了。

“要不就买最好看的吧？”

“我也觉得，要不就买最好看的吧？”

露美露出了开心的笑容，可是没一会儿，她又烦恼了起来。

“可是，我也不知道到底哪个最好看，而且我还想赚点零花钱。叔叔，哪种狗狗可以卖学习数据？”

最近小学生中流行教会机器狗新技能，然后再把技能数据卖到机器人公司，这样就能赚到一些零花钱。

“嗯……珍岛犬可以，这是S公司生产的机器狗，S公司可是机器人销量最高的公司。这只狗是全新的，只是包装被拆开了而已，你可以买这个。”

“可是，我喜欢小一点儿的狗狗啊……”

“哎呀，你还挺挑剔……那你看看西施犬怎么样？西施犬最小了。”

“这个的确是挺小。”

露美拿起了装着西施犬的箱子，赛蒙往结算台走去。就在我以为露美终于挑好了的时候，她又把西施犬放了下来。

“可是西施犬不能卖学习数据啊。”

这时，赛蒙转过身来，他的脸憋得通红，鼻子像喷火

一样呼着气，刚刚亲切和蔼的样子消失不见，一下子变成了怪物的模样。

“西施犬当然不能卖数据，我刚刚不是告诉过你西施犬有点儿笨了吗？都说叫你买珍岛犬了，全新的货我二手

价卖给你，快点儿，别犹豫了，过来交钱，你是打算在这儿过夜吗？”

赛蒙大步迈过来，拿起装着珍岛犬的箱子，把箱子哐地一下放在了桌子上。我拉着露美的手，小声说：“要不我们走吧，嗯？”

“走哪儿去，还没给钱呢。”赛蒙听到了我的话，大声喊道。

露美犹豫了一会儿，最后还是结了账。最后，露美抱着巨大的箱子用非常小的声音问道：“那个，叔叔，您确定珍岛犬是最好的吗？”

“当然了！别说了，赶紧回家！”

就这样，我们又被赶了出来。

露美拉着大箱子走着，明明是买到了想要很久的机器狗，可是她看起来一点儿都不开心。我的心情也很糟糕。这都是因为那个情绪不定、凶神恶煞般的怪叔叔。我们两个慢慢吞吞地朝医院走去。

“应该是买到最好的了吧？肯定买到最好的了。”露美好像在给自己做心理安慰。

“你打开看看，要是不满意的话，我们就去换。下次可以和机器人妈咪一起去。肯定因为我们是小孩子，所以他才那样的。”

“带着机器人妈咪去估计也没用，说不定他还会说二手店不给退换呢。”

那只能转换心情了。我们现在的确非常需要转换一下心情，这都是因为刚才我们被一个凶神恶煞般的、变幻莫测的坏人威胁了。

“这个机器狗肯定没……没买错，不是说它又能卖学习数据，又聪明，还会看家吗？还有还有，珍岛犬也很可爱啊。”我努力地安慰着她。

“可是它太大了……”

打开箱子一看，这只机器珍岛犬确实有点大，再大一点儿，都能驮着比露美小一点儿的孩子到处跑了。

“它还是挺可爱的。”

露美勉强笑了一下，我也跟着她笑了，虽然这只狗很壮、很大，也不怎么可爱……

可是这只机器珍岛犬怎么看都不像是新的，狗狗身上到处都是手指印，按一下它肚子上的电源键，也没有显示正品编号。没有正品编号，就不能申请正品认证，出了故障也不能保修，更不能卖学习数据。

“露美，我觉得这个应该不是新的，都没有正品编号。”

“可是那个叔叔明明说了这是新的呀。”

“我看不像，明天得再去店里问一下，说不定真的得换呢。”

“不要，人家都说了是新的啊，我就要它了，我开始喜欢它了。真真，你总是疑心这个疑心那个，已经成毛病啦。”

说完，露美抱起巨大的珍岛犬跑了，那样子好像刚刚她偷了一只机器狗，生怕别人看到一样。

“还是算了，要是坏了我就让爸爸帮忙修一下好了……她就不嫌重吗？那只狗那么大……”

我拿起机器狗的大箱子刚要往家走，忽然想到一件事：本来是要去当便衣警察找线索的，现在不仅什么都没查到，连要找线索这件事都完全被抛在脑后了。全都是被那个叔叔吓的。果然对侦探来说，最重要的不是理论和直觉，而是勇气。

令人惊叹的神奇机器人世界

能帮助人类做事的机器人有哪些？

能帮人类做事的机器人有很多，我就给你简单地介绍几个。

1. 清洗巨人

清洗巨人的机械臂可以伸到 33 米的高处，是一种非常巨大的机器人。它们可以帮助人类清洗飞机，目前正在德国汉莎航空公司的机场工作。一个人花 9 个小时才能做完的工作，两台清洗巨人只要 3 小时就能完成。

2. 工业机器人库卡

库卡机器人是由德国研发出来的工业机器人，它有非常多的类型，既有能干细活的小型机器人，也有能抬起 1 吨重物体的大力士机器人。库卡机器人出现在很多工厂中，制造汽车的车间也能看到它们的身影。

3. 拆弹机器人 Warrior

Warrior 可以帮助人类爆破房门、窗户，近距离拍摄炸弹的照片。它有一双像镊子一样的手，可以把炸弹取出来，还可以把水喷到炸弹上，让炸弹不能爆炸。

4. 海底机器人 Crabster

Crabster 是韩国海洋科学技术院研究出来的海底机器人，大小和一辆小轿车差不多。它可以潜入世界上最深的海底，在海底像螃蟹一样行走，拍下海底的照片，帮助人们探索海底世界。

5. 火山探测机器人丹特

这款由美国研发出来的小型机器人能承受火山的高温和蒸汽，帮助人们测量火山温度、收集火山气体、探测火山灰。丹特 1 号已经探测了南极埃里伯斯火山，丹特 2 号探测了美国阿拉斯加州的斯珀火山。

6. 达·芬奇外科手术机器人

达 · 芬奇外科手术机器人有 4 只手臂，其中 1 只手臂末端装有很小的摄像头，另外 3 只手臂上装有各种手术工具。医生一边看着 3D 影像，一边操控机器人的手臂。

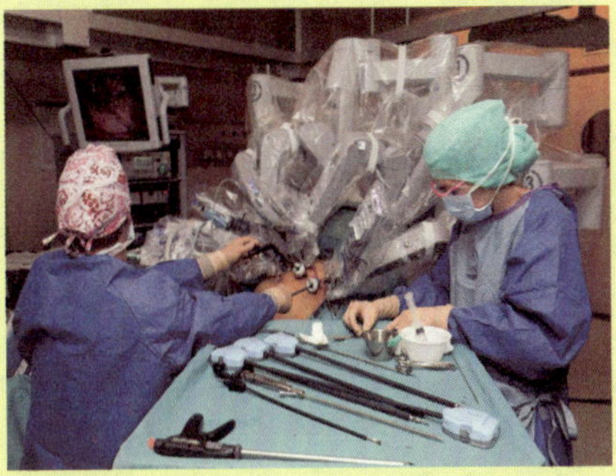

第3章

想成为机器人的男人

真真机器人医院里来了三个客人，每个客人都值得热烈鼓掌欢迎，因为这里的生意太差了，很少有人来这里看病。这不是因为我的机器人工程师爸爸能力不够。我爸爸可是经常上电视的优秀机器人工程师，他发明的特殊机械器官常常上新闻。

几年前，爸爸制作出了一款机器海星，表面软软的，摸起来非常舒服。有些孩子不喜欢冰凉的、硬邦邦的机器人，这款机器海星就是为他们量身打造的触感玩具。然而这款玩具的评价虽高，销量却不好。因为很多人都不太喜欢海星。

从那以后，爸爸彻底放弃了设计制作这种机器人，也放弃了他原本已经想好了的机器水母——一种更柔软、触感更好的暖手宝。爸爸开始了他制作机械手臂、机械腿的旅程。

去年，爸爸研发出了机械手臂 AH520，很多需要人工手臂的人都很喜欢这款 AH520。这款机械手臂的力量比人类手臂大 5 倍，手指非常灵活，可以说仅次于人类的

手指。而且手掌的大小还很合适，不大也不小。之前也有很多很灵活、很柔软的机械手，但是它们都很大，大到和拳击手套差不多，因为灵活的机械手臂需要很多传感器、引擎、齿轮，还需要很多用来接收信号的电子零部件。机器手臂 AH520 的所有零部件都很小，因而整个手臂才能是合适的大小。爸爸还把机器人妈咪的手臂也换成了 AH520。现在，机器人妈咪是所有机器人当中手臂最灵活的机器人。

可是 AH520 非常贵。不只是 AH520，所有质量比较好的机械器官都很贵。所以，即使有最新款高级机械器官，人们还是会选择比较便宜的旧款，即便那些旧款不是很方便。

“让所有有需要的人都能用上机械器官，这也是机器人工程师非常重要的任务。”爸爸说。

如果有的人真的非常需要机械器官，但是家庭条件又不是很好，爸爸就会免费为他们装上机械器官，他说就当是测试产品合不合格了。

妈妈也是因为这个才去的火星外太空基地。爸爸虽然是个很棒的机器人工程师，但他挣不了很多钱，所以妈妈只好跑去遥远的火星挣钱了。

以前爸爸的研究所里有很多和爸爸一样优秀的研究员，最后他们都因为挣不到钱离开了这里。

“我们也非常喜欢和江博士您一起做研究，可是我们也要先养活自己啊。”

虽然研究员们都离开了，但是爸爸从来没有停止过研究。因为爸爸找到了不用给工资也能每天加班一起做研究的新帮手，这个新帮手既聪明又能干。

爸爸的新帮手就是机器人妈咪。爸爸和机器人妈咪一起研究出了变形机械手指。这种变形机械手指上有很多个模块，每个模块上都装有中央处理器、电动机和传感器。中央处理器控制着小小的模块，让机械手指变身成不同的样子。它的核心就在于模块的大小。模块越小，机械手指能变化的形态就越多。爸爸把模块缩小到了原子那么大，所以变形机械手指既能变得又大又硬，像锤子一样，也能变得又长又软，像章鱼的脚一样。有了机器人妈咪的帮助，爸爸才成功研制出了变形机械手指。可见机器人妈咪也是个不错的研究员。

一天，真真机器人医院里优秀的研究员机器人妈咪和优秀的机器人工程师，也就是我的爸爸，迎来了真真机器人医院当天的第一个病人——变脸怪人赛蒙。

“你好啊，珍岛犬用着还行吗？”赛蒙朝我笑嘻嘻地摇着手打了个招呼。

“啊，它还不错。”

其实我也不知道露美的机器狗现在怎么样了。那天露美不是很情愿地买了那只珍岛犬，分别之后我和露美没再说过一句话。其实我们两个也没吵架，但是我能感觉到露美在躲着我，我也没有主动去找她，我们两个就像干了什么坏事一样，都躲着对方，其实谁都没做错什么。

“爸爸，怎么了？”

爸爸一瘸一拐地坐在了椅子上。

“这次真的不是我的错，真真，你替我跟你妈妈说说好话。我正在国家指定的合规练习场地里练习自行车车技，这个穿着老式机器人套装的年轻人突然从天上掉下来，砸到了我身上。要不是机器人妈咪及时赶来，我真的差点儿……现在就是腿有点儿不舒服，其实这点儿小事也没有必要告诉你妈妈。”

前几天远在火星的妈妈打来电话，她说爸爸要是再做危险运动的话，她就马上回地球把爸爸的另一条腿打断。

“嗯？要给这孩子看看吗？真真啊，你过来，我跟你好好说说……”

在机器人妈咪的搀扶下，赛蒙走过来，把裤脚一下子拉了上去，露出他的两条腿。他的腿表面上看起来没什么不一样，伤口却没有流血。因为他用的是装有人工皮肤的机械腿。

“的确是机器人套装出了问题，可是这不能怪我。上面明明写着可以飞行两个小时，虽然它是二手的，我也改装了一下，但是才飞了不到 20 分钟，实在太不像话了。偏偏掉下来的地方站着江博士，我也努力扭转方向了，还拉响了警报，可是江博士不仅没有躲，还朝我跑了过来，要不是因为江博士，我这两条机械腿也不会出故障了。既然撞上的人是机器人博士，那他肯定得负责给我修好，对不对？”

“碰巧和我爸爸撞上了？”

“不是碰巧撞上的还能是我故意撞上去的吗？我都要疼死了，哎呀呀，可疼死我啦，博士，您快给我修修吧！”

赛蒙捂着坏掉的腿，使劲儿喊着疼。爸爸在一旁解释着不是他的责任。听着他们你一言我一语地争辩，我也分不清谁对谁错。我看向机器人妈咪，机器人妈咪从不会撒谎，它一定能把事情原原本本地说出来。

“我右边的胳膊断了。”

机器人妈咪干巴巴地说明了自己的状态。唉，妈妈为什么把机器人妈咪的性格设置成了沉默寡言型呢？这种时候最需要的是能打小报告的性格啊！

“那我们就赶紧开始真真机器人医院的第一个手术吧？先从我的腿开始！”

爸爸也把裤脚卷了上去，露出了他的腿。爸爸的腿除了能摘下来之外和我的腿没什么区别，这句话不是说爸爸的腿和我的腿一样好看、光滑、纤细，而是说机械腿从外表上看和普通人的腿没有区别。爸爸打开了长满腿毛的腿，腿内部复杂的零部件展现在了我面前。

“没有什么其他问题，腿部神经里安装的芯片没有显示异常，只要把坏掉的脚趾换下来就行。”

爸爸和手术机器人助手莱奥一起把脚趾换下来，还检查了内部软件。现在，爸爸的腿完全恢复正常了。每

真真机器人医院

当这种时候，我都会觉得爸爸的机械腿比我的真腿方便很多。

接下来轮到机器人妈咪了。机器人妈咪为了接住从天上掉下来的赛蒙，一只胳膊折了，身上也到处都是伤。爸爸和莱奥给机器人妈咪做了彻底的检查，爸爸盯着电脑屏幕看了一会儿，皱起了眉头：“嗯……肩膀和胳膊马上就能修好，可是手部靠修是修不好的，只能给你先装上变形机械手指，变形机械手指还没完全做好，很多功能还不健全，你用上之后可能会觉得有点儿不舒服。这也是没办法的办法了，就当是帮我测试一下研发成果，好吗？”

“好的。”

机器人妈咪简短的回答总是让人很安心。现在我有点儿明白妈妈为什么把机器人妈咪的性格设置成沉默寡言型了。

“等一下，稍等一下，我给机器人妈咪贴个创可贴。”

我在机器人妈咪肩膀和后背的伤口处贴上了从爸爸的抽屉里找到的卡通创可贴，贴上创可贴之前还在它的伤口边轻轻吹了吹，就像小时候我受伤时机器人妈咪对我做的那样。现在我长大了，轮到我照顾机器人妈咪了。

“给机器人贴什么创可贴啊，真是的，赶紧让开，博士，接下来该我了吧？”赛蒙推开了机器人妈咪，走到爸爸面前说道，“博士，还请您帮忙实现我的愿望，反正都是要修，不如您直接把我变成一个机器人吧，我的梦想就是成为一个机器人。”

真不敢相信自己的耳朵。见过想成为恐龙的 5 岁小屁孩，想成为机器人的大人还真是第一次见。而且他还不是开玩笑，是真的想成为机器人。赛蒙两只眼睛闪着光，声音也非常真挚。

“博士，我 10 岁的时候遭遇了事故，两条腿都换成了机械腿，一开始我很不适应，觉得装上假腿很丢人，但后来机械腿的性能越来越好，我感觉自己获得了新生，就像变成了超人。要是有讨厌的人呢，我可以用大力机械腿踢他的屁股，那种解恨的心情您也很了解吧？还有，装上了大长腿，我的个子也变高了。虽然腰和屁股有点疼，但这点疼痛都是值得的。”赛蒙滔滔不绝地说着。

“对了，我是不是忘了和您说我眼睛的事了？我的眼睛受过一点伤，本来做视网膜移植手术就能治好，但我故意没做，直接把眼睛换成了机械眼，视力直接涨到 5.2。唉，那个时候怎么偏偏是眼睛受伤了呢，我应该脑子受伤才对。要是把脑子也换成人工智能大脑，我肯定变得超级聪明，没准儿现在也像博士您一样成为一个机器人工程师了呢，也不用像现在这样靠卖二手机器人活着了。但是现在开始改变自己也不算晚，只要博士您能把我变成机器人，我以后的人生一定很精彩。其实，我最想更换的部位是胳膊，我希望我的胳膊能抬起100吨重的东西，最好手掌还能像蜘蛛侠一样吸住玻璃。啊，您把您家机器人身上的那种变形机械手指也给我装上吧……对了，有没有那种可以让人隐身的机器？”

赛蒙应该是科幻电影看多了，要不就是他以为我爸爸不是机器人工程师，而是魔法师。

爸爸说：“嗯……赛蒙先生，您需要修理的部位可能不是腿，是脑子。”

“您也这么觉得吧？大脑的确是我的终极目标。果然最厉害的机器人工程师就是这么与众不同！快点儿给我换上人工智能的大脑吧，我要最聪明的那种！”

赛蒙自顾自地开心着，爸爸在一旁摇了摇头。“您这是‘电子人中毒’了，我给您开个诊断书，您赶紧去专治

视力 5.2
人工智能
大力手臂可抬
100吨重物
蜘蛛侠手掌

大夫那里瞧一瞧吧。”

“我怎么可能是‘电子人中毒’？我只是想成为完美无缺的人类，或者是完美无缺的机器人罢了！”赛蒙气急败坏地说。

身上除了大脑外的某个器官换成了机械器官的人叫作电子人。爸爸的一条腿换成了机械腿，所以爸爸是电子人；爷爷的心脏换成了机械心脏，奶奶的关节换成了电子关节，所以爷爷和奶奶都是电子人。现在很多人都是电子人，尤其是上了年纪的爷爷奶奶们，他们的脊柱、腿、胳膊、手指，还有心脏、胰腺、神经、骨膜等器官或组织中，总有那么一个两个是机械的。有些遭遇事故的年轻人也成了电子人。

可是有的人明明全身上下都没有毛病，可他们还是换上了功能更强的机械器官。因为他们相信机械器官可以让人力量更大、跑得更快，更强壮、更聪明、更年轻。这些人都得了一种叫作“电子人中毒”的病。

“博士，我不是电子人中毒。生而为人是我投错了胎，我本来应该是一个机器人的。我只是想弥补过错，找回自己罢了。您就帮帮我吧！”

赛蒙使出浑身解数求爸爸改造他，我能看出来他病得不轻。

“赛蒙先生，机械器官是用来帮助身体不便的人的，不是用来打造超人的。我只能帮你修好你的腿，毕竟它是因为我坏掉的。”

“我不要！你就把我身体的每个部分都修一修吧。哦不对，请把它们都换掉吧，从心脏到大脑，全都换掉。您都给机器人妈咪装上变形机械手指了，给我也装上一个又能怎么样呢？您这是在区别对待机器人和人类吗？”

这时，机器人妈咪把正在胡闹的赛蒙拉到了检测椅上，人只要坐上这个检测椅，它就会自动测量和检测人类的身高、体重、身体状况、神经系统和脑电波。给赛蒙换腿之前，爸爸需要知道赛蒙的身体情况。爸爸按照赛蒙的身高调整了机械腿的长度，然后把赛蒙坏掉的腿拆下来，换上了新腿。第一次装机械器官的人需要在医院做一个非常复杂的手术，像赛蒙这种已经换上机械腿的人就不需要再做手术了，他的换腿过程非常简单。

“这种机械腿不需要做康复训练，你可以走几步试一试。”

赛蒙站起来，往前走了几步，又跳了几下，然后他抬起一条腿，单腿跳了起来。所有动作都很自然。

“哇，这比我之前的腿舒服多了。这条腿力气怎么样？力气大吗？”

爸爸还没来得及回答，赛蒙就抬起脚狠狠地踢向了书桌。桌腿被踢弯了，桌上的东西全都掉了下来。机器人妈咪赶紧走过去把桌腿掰直，就在机器人妈咪把地上的东西放回原位时，赛蒙已经用他的新腿把研究室搞得乱七八糟。

“嗯，还不错，要是力量再大一点儿就好了，最好能把足球一脚踢到夏威夷去。什么时候给我换胳膊？要是只给受伤的胳膊换机械胳膊，我也可以去把我的胳膊搞坏。我的要求并不高，只要力气大就好。还有还有，我还要那个变形机械手指。”

最后，我们把赛蒙赶出了门。

“叔叔，别再折磨我爸爸了，您赶紧走吧！”

赛蒙把我的话当成了耳旁风，他伸着爸爸给他装上的大力机械腿朝我们喊道：“博士，别忘了最重要的是把我的大脑换掉，只有换成人工智能大脑，我才能成为真正的机器人！”

好不容易把赛蒙赶走后，爸爸擦了擦额头上冒出来的汗珠。

“唉！我真是再也不想见到他了！”

没错，我也是这么想的。

什么是电子人？

真的有电子人吗？

电影中和坏人抗争的机械战警、钢铁侠，他们是人还是机器人呢？正确答案是他们是电子人。把人类除了大脑之外的某个部分换成机器，这种人就变成了电子人。如果把动物身体的某个部分换成机器，那么这种动物就叫作电子生物。

装上了机械手的人

电子人真的能像电影中的主人公那样变得力大无穷或者可以飞上云端吗？其实并不是的。很多电子人从外表上看和普通人并没有什么不同。比如装上了人工膝盖关节的老奶奶、装上了人工心脏的小朋友、装上了人工耳蜗的叔叔、装上了人工手臂的阿姨……这些人都是电子人。现实生活中能够见到的电子人只不过是在身体的某个部位装上了机器，利用机器人技术，帮助自己正常生活罢了。

未来的电子人会是什么样的？

2002年，英国的机器人工程师凯文·沃里克为了更好地进行研究，将自己变成了电子人。凯文在自己和妻子的手臂中植入了电子芯片，这些电子芯片能和电脑连接起来，传送信号。他把自己和妻子手臂中的芯片连接到同一台电脑上，当他向电脑发出移动的信号时，电脑也会把这个信号发送到妻子手臂中的芯片上，这样两个人就能在同一时间做出一模一样的动作了。

未来的电子人会像凯文做的实验一样，把大脑和网络连接起来，只要人们用大脑想一想，人工肢体就能像自己真的肢体一样根据大脑传出的信号很自然地做出动作。在未来，得了全身麻痹症的人或者身体行动不便的人都可以自由行动，他们也会拥有非常强壮的手臂，就像超人那样。但是，也有可能身体不受自己的控制，反而受到别人的控制。这么一想，未来还真是不知道会发生什么事呢，想想都有点儿害怕，对吧？

第4章

去赛蒙店里侦察

非常遗憾，我们的愿望没能实现，因为赛蒙每天都来找爸爸。赛蒙每天都到真真机器人医院缠着爸爸给他换胳膊、装变形机械手指、换人工智能大脑，闹得爸爸别说做研究了，连一通电话都接不成。最后实在没办法了，爸爸向真真医院安保装置传达了新指令：“禁止 JJ-LK2019 入内。”

JJ-LK2019 是装在赛蒙身上的机械腿的专属编号，现在只要赛蒙身上装着爸爸给他装好的机械腿，他就不能进入真真机器人医院。他应该不舍得为了走进真真机器人医院，把机械腿拆下来吧？

在某个没有赛蒙打扰的宁静午后，爸爸突然从座位上站了起来，他急匆匆地在研究室里找来找去，研究室里没找到，又把家翻了个底朝天。

“机器人妈咪，你看到我的小软了吗？”

“您是说海星机器人吗？没看到。”

“真真看到了吗？”

“没看到啊。”

“明天要拿着它去大学做讲座呢，这可怎么办啊？”

“不能定位找回吗？”

“嗯，我把电源关了。应该还是在研究室里。”

爸爸总是丢三落四，机器人妈咪每天的重要任务之一就是帮爸爸找东西。这时，只见机器人妈咪的手指变成钢丝那么细，它把手指伸进很窄的缝里寻找着海星机器人。因为海星机器人很可能缩在某个角落里，或者平趴在某个地方。机器人妈咪和爸爸找了很久，可是连海星机器人的影子都没看到。

“爸爸，会不会有人趁着你们不注意把它偷走了？”

偶尔会有一些人来爸爸的研究室里玩，昨天赛蒙不也赖在这里很久才走吗？

“怎么会呢。啊，还有那个机械舌头的试验品也不见了。哎呀，不管了，肯定是在某个地方，只是我没找到罢了，明天讲别的，不讲海星就行了。”

在我看来，爸爸就是太随意了，所以才总是丢东西的。

晚上，远在火星的妈妈打来了视频电话。现在，看到显示器里出现的火星外太空基地，我已经不再感到惊讶了，我对它已经熟悉了，熟悉到就像看到我家后院一样。

“我的宝贝女儿啊，最近还好吗？妈妈爱你哟，机器人妈咪去哪儿了？怎么没在你身边？它去哪儿了？”

妈妈到现在都还觉得我是每时每刻都需要大人照顾的小孩子，其实说不定再过几天我就进入青春期，成为让妈妈、爸爸、机器人妈咪都觉得烦的叛逆少女了。

“机器人妈咪在爸爸的研究室里，爸爸又找不到东西了。”

“哎哟喂，这次又是什么不见了？”

妈妈啧啧地咂了咂舌头。妈妈还在地球的时候也经常帮爸爸找东西，早上睁开眼睛第一件事就是帮爸爸找东西，睡觉前最后一件事还是帮爸爸找东西。

“去把你爸爸叫来，咱们开个家庭会议！”

妈妈一声令下，爸爸、机器人妈咪都赶紧来到了显示器前。

妈妈说：“各位，真真机器人医院和我们的家都要重新装修一下了，必须换上最新的安保设备。”

我家住在一栋二层小楼里，一层是真真机器人医院，二层是我们住的地方。很多人知道我的爸爸妈妈都是机器人工程师后，都认为我家肯定是那种最具未来感的高科技装修风格。就像电视广告里说的那样，“不要犹豫了，家能帮你实现一切”。他们都觉得我家每个角落都藏着一个看不见的机器人，我们的家可以读懂我们的想法：自动开门，自动拉椅子，还会根据我们的心情更换壁纸的颜色和香氛的味道，还会有机器人自动清扫墙上和地板上的灰尘，床也会自动检查我们的睡眠质量和身体情况，并把这些信息发送到医院，冰箱会自动根据保质日期整理食材，家里的安保设施非常厉害，别说进小偷了，就连一个铅笔头都丢不了……

其实去年妈妈就想把我们家改造成这种样子了，但是爸爸坚决不同意。

“我不希望每次去厕所上个大号，坐便器都要提醒我：‘江博士的大便中水分含量 60%，大肠杆菌含量 10%，食物残渣含量 25%，其他细菌含量 5%，乳酸菌含量不足导致出现了便秘早期症状。饮食方面请注意：每顿饭多摄入半根胡萝卜和 95 克海带，就餐时请每口食物至少嚼 20 次以上再咽下去。’我自己的大便自己知道就好，没必要让机器人来干涉，要是我们的家被改成这样，我肯定受不了，我想要的是舒舒服服的人类的生活。”

那时的妈妈听了爸爸的话，没再强求，可是这次不同。

“老公，这次我不会再妥协了，我要把我们家改装成全自动的，这样机器人妈咪再也不用忙前忙后地帮你找东西，你也不会再丢东西，我也能过几天舒舒服服的日子了。别看我身在火星，离你那么远，一听说你找不到东西我心里也很着急！”

“我看还是算了吧，没这个必要……”

爸爸刚要开始反驳，妈妈就朝我问道：“真真，你觉得呢？你也希望机器人能帮你解决所有问题吧？机器人妈咪肯定也是这么想的吧？”

其实我和爸爸想的一样，我也不喜欢连一双袜子都不会找不到的家，要是什么都不会丢，就没有我真真侦探出动破案的机会了。但是如果把家变成一个巨大的机器人是妈妈和机器人妈咪都想要的话，我也会赞成的。实在不行，我也可以去外面找一些谜案来破。

“我都行，您和爸爸做决定吧。”

我站了起来，走进我那保密系数为100的房间，把显示器以及争论不休的爸爸妈妈丢在身后。躺在床上，我打了几个滚儿，没一会儿就进入了梦乡。

第二天，露美带着机器珍岛犬来到了学校。学校最近其实不让学生把机器人带到学校，但露美还是明目张胆地把机器狗牵了来。同学们偷偷瞧向露美，有些人的眼神里透出了一丝担忧，因为他们相信那个传闻——机器人幽灵会把机器人带走。

露美把珍岛犬牵到我身边。

“它叫摇摇，还记得吗？我的第一只小熊玩偶就叫摇摇。”

“记得，我还记得那只小熊玩偶特别可爱。”

虽然我们很久都没说过话了，可是再次见面我们并没有觉得生疏，就像昨天刚刚见过面一样。

“摇摇，给真真展示个绝活。来，坐下！”

摇摇听到露美的指令马上坐了下来，伸出了两只前爪。露美递给了它三个小球。

“抛球！”

摇摇听话地要起了三个小球，最后还用嘴叼住了一个球，用两只前爪接住了剩下的两个球。露美接过球，摇摇累得伸出舌头，发出“嘿嘿嘿”的声音，虽然它伸出了可爱的小舌头，但是舌头上并没有滴口水，实在是太招人喜欢了。

“做了不少训练吧，好可爱啊。”

“是吧是吧？可爱吧？”

听到我夸摇摇可爱，露美更加高兴了。露美抚摸着摇摇说：“除了这个，我还给它训练了很多其他技能，但是好像卖不了学习数据。”

“为什么？”

“我给S公司打了个电话，他们说摇摇身上没有正品编号，所以他们不收摇摇的学习数据。还说摇摇看起来像是被偷来的，让我赶紧还回去。我怕他们把摇摇带走，赶紧把电话挂了。”

露美捂住摇摇的耳朵小声说道：“摇摇不会真是偷来的吧？是有人把偷来的摇摇又卖到了赛蒙叔叔那里吗？”

这谁也不知道，谁知道是有人偷来了摇摇，又把摇摇卖到了赛蒙那里，还是赛蒙把自己偷来的摇摇卖给了露美呢……

这时，我突然想起了机器鹦鹉。我看到过赛蒙在学校门口抓走机器鹦鹉，那就是在偷呀。这么一想，好像所有的盗窃事件都和赛蒙有关。赛蒙出现后，爸爸的机器海星、机械舌头都不见了，从赛蒙那里买来的摇摇好像也是被偷来的。果然不出我所料，赛蒙真的很可疑。虽然真的不想再见到赛蒙，但是我有种不祥的预感——我一定还会和他再见面的，因为，要想成为真正的侦探，就必须敢于直面身边的案件。

“露美，我觉得赛蒙很可疑，还是得再去他的店里侦察一下，说不定能查出大案子。”

“真的吗？”

露美皱起了眉头，就在我以为她会说“太危险了，还是报警吧，先告诉你爸爸吧”时，我听到她说：“我和你一起去。”

露美牵起了我的手，那一瞬间，我觉得自己一点儿也不害怕了。我和露美一定会成为像福尔摩斯和华生那样的最佳搭档。

我跟露美说了赛蒙电子人中毒的事。

“他现在应该还没完全变成机器人吧？要是他现在力大无穷，就像电影里的坏人那样怎么办？我有点儿害怕。”

说完，她嘻嘻地笑了，也不知道是不是真的在害怕。

放学后，我们带着摇摇再次走向了赛蒙的商店。我告诉机器人妈咪，今天放学后要去一趟赛蒙那里，所以要晚点儿回家。

“太晚还没回来的话，我会去找你的。”

看到机器人妈咪发来的短信后，我推开了赛蒙商店那扇阴森森的门。赛蒙见到我们，咋咋呼呼地表示了欢迎：“真真来啦！正好我想找你呢，你家医院最近没开门吗？去了好多次门都打不开，怎么回事啊？对了，机器人妈咪用着那个变形机械手指怎么样？我都说了好多遍了，给我也装上吧。要是觉得把好好的手切下来太残忍了，也可以直接装，就当是有三只手了，三只手总比两只手强吧？”

果然是个奇怪的人，居然说三只手很好，光想想我都要起鸡皮疙瘩了。

“啊，是吗？我也不太清楚。”

“对了，那个变形机械手指到底能变到多细？能伸多长？可以穿过门缝吗？”

“我也不清楚，您又不是小偷，需要穿过门缝干什么？”

我故意把“小偷”两个字说给赛蒙听，可是他假装没听到的样子，扭头向露美说道：“哦？你把这个小狗崽子带来了啊。怎么样？这个小狗崽子好养吗？”

“它叫摇摇，不叫小狗崽子。叔叔，您是不是哪里变得不一样了？”

“是吧？是不是变得更帅了？”

赛蒙挺了挺胸膛，像模特一样摆了一个姿势。露美眯着眼把赛蒙从头到脚仔仔细细地打量了一番，最后她点了点头：“嗯，是不是个子变矮了？”

赛蒙的脸一下子就红了，赛蒙之前一直用的都是比较长的腿，那种大长腿并不符合他的身材比例。后来爸爸给他换上了新的腿，新腿比较短，但是装在他身上正适合。虽然身高少了 10 厘米，但是他全身的比例协调了很多。尽管如此，赛蒙心里却很不满意。

“嘁，算了算了。你们这次又有什么事啊？”

我和露美对视了一眼，最后，名侦探真真，也就是我，鼓起勇气，一把抱起摇摇，把摇摇放在了桌子上。

“叔叔，这只狗不是偷来的吧？您看它肚子那里都没有编号……”

“偷来的？你是说我是小偷吗？”

“不是，我不是这个意思……”

就在这时，我和赛蒙目光相接，我的心怦怦跳了起来。好汉不吃眼前亏，知难而退也是一种勇气吧？我一步一步地向后退，随时准备逃跑，可是赛蒙一把抓住了我的肩膀。我吓得全身僵住，一动也不敢动。

“你这小鬼肯定是误会我了，我可是个好人，是有人告诉你我是小偷了吗？是你爸爸告诉你的？还是你的老师说的？”

我使劲摇着头，赛蒙生气地看着我和露美，仿佛下一秒眼睛里会射出激光射线。看来这个人真的是坏人，必须赶快逃跑，我使劲踢向了他的腿。

“啊！”

赛蒙没有尖叫，尖叫的人是我，我忘记了赛蒙的腿是机械腿，比石头还硬。

“放开我！”

“叔叔，放开我的朋友。”

露美拉赛蒙的胳膊，赛蒙使劲甩了一下胳膊，我和露美都摔倒了。这时露美抬起头喊道："摇摇，咬他！他害我摔倒了！"

原本老老实实坐在桌子上的摇摇一下子跳向赛蒙，咬住了赛蒙的手。摇摇严格遵守了"机器宠物法则"的第3条，执行了主人的命令。

1. 不伤害人类。
2. 服从主人的命令。
3. 当主人遭遇危险时，
优先执行第 2 条。

“啊！你这个狗崽子，给我滚开！”

赛蒙尖叫了一声后，晕了过去。珍岛犬在咬人时会释放高压电流，所以人一旦被它咬了就会暂时昏厥，但没一会儿就会醒过来，不会危及生命。我们趁着赛蒙晕过去的工夫，赶紧跑出了商店。露美跑在前面喊道：“去我家吧？”

“好啊！”

我们全速跑到露美家，万一赛蒙追上来我们就惨了，幸好他没追过来。

我们瘫坐在露美家的沙发上，摇摇亲昵地贴在露美身边。

“干得漂亮，摇摇。”露美摸着摇摇的头说道。

我也在一旁夸着它：“干得好，摇摇。”

我们躺下来，大口大口地喘着粗气，心脏怦怦地跳着。最后，我们都笑了。

“真是太刺激了。”

“刺激什么，我都要吓死了。”

我们哈哈笑了很久，笑着笑着、笑着笑着就睡着了。我和露美就这样瘫软在客厅里，甜甜地睡了过去。

长得很像人类的机器人——人形机器人和超仿真机器人

什么是人形机器人？什么是超仿真机器人？

人形机器人是和人类长得差不多的机器人，它们的头、身体、胳膊、腿和人类长得一样，也用两条腿走路。超仿真机器人和人形机器人是同一种机器人类型，它们不仅外形长得像人类，说话和移动的方式也很像人类。也就是说，人形机器人只是外形很像人类的机器人，而超仿真机器人说话和行动都很像人类。

让机器人直立行走真的很难吗？

到现在为止，所有的人形机器人走路的姿势都很不自然，它们也很难快跑或是走有坡度的路，因为直立行走是很复杂的动作。可以想象一下我们走路时的样子，想要迈出第一步，首先要先抬起一只脚，这时另一只脚就要承受我们身体的全部重量，为了保持平衡，眼睛和耳朵也不能休息，要时时刻刻把握周边情况。你瞧，为了保持平衡，我们要做出这么多复杂的动作，机器人浑身那么坚硬，就像铜像一样，要想完成这套动作是不是就更难了？所以直到现在，机器人工程师们还在为了解决这个问题刻苦钻研。

下面就让我们来看看能直立行走的代表性机器人都有哪些吧！

正在和小朋友打招呼的HUBO

1.HUBO

HUBO 是韩国研发出的人形机器人，能够直立行走。2004 年，这款由韩国科技先进研究院和吴俊镐教授研究小组共同研发的机器人在 1 分钟内直立行走了 65 步，5 根手指可以单独做出动作，还能比出石头剪刀布。不仅如此，它还能和人一起跳舞，用合适的力度和人握手。2009 年，会跳绳的 HUBO 2 号问世，之后还有长得很像天才物理学家爱因斯坦的“阿尔伯特 HUBO”，帮助人类灾后重建的“DRC HUBO”，等等。HUBO 的进化仍在继续，从未停息。

2. 阿西莫（ASIMO）

2000 年，日本研制出了一款机器人，这款机器人身高 120 厘米，体重 52 千克，是亚洲第一款仿人机器人。之后，阿西莫不断发展，现在它已经可以单脚站立、倒着走、跳舞，还能上下楼梯。不仅如此，它还能走“8”字形。

第5章

机器人妈咪消失了！

“怎么办啊，都这么晚了。”

等我一觉醒来时，天已经很黑了。露美还在睡，我没有叫醒她，自己轻手轻脚地出了门。露美的爸爸妈妈也还没回来。我赶紧跑回了家。我蹑手蹑脚地回到自己的房间，小心翼翼地上了床，万一被机器人妈咪发现我回来得这么晚，它一定又要唠叨了。要是机器人妈咪来问，我就说早就回来了，只不过是睡着了。就这样想着想着，我又睡着了。

第二天早上，我睁开眼睛，觉得这一觉睡得特别久，久到好像来了一趟远行。我躺在床上没有动，享受着被窝里的柔软、舒适，等着机器人妈咪来叫我起床。可是等了很久也没见机器人妈咪过来，抬头看了一眼表，已经9点了，上学已经迟到了。

“机器人妈咪，怎么没叫我啊？机器人妈咪！”

机器人妈咪没有回答，家里静悄悄的。我打开了爸爸房间的门，爸爸正在呼呼地打着呼噜睡大觉。

“机器人妈咪，你在哪儿啊？”

我从爸爸的房间里出来，走向厨房。餐桌上什么都没有，平时这个时间机器人妈咪早就准备好了营养丰盛的早餐。它也没在厕所。昨天用过的毛巾还挂在那里，平时机器人妈咪都会换成干净的毛巾挂上去的。去哪里了呢？我突然有种不祥的预感。

“爸爸，快起来，机器人妈咪不见了，是您叫它出去办事了吗？”

“没有啊，它说去哪儿了吗？”

爸爸把被子盖在头上还要继续睡。我把被子一下子掀开，着急地喊道：“我也不知道，所以才问您的啊。昨天晚上它在家吗？家里我都找遍了，机器人妈咪不见了！”

爸爸一下子坐了起来。

“我也不知道啊，它没和你在一起吗？我昨天出去有点儿事，很晚才回来。”

“我昨天去了露美家，也是很晚才回来的。怕机器人妈咪唠叨我，所以偷偷摸摸地回房间直接睡了。看来它昨天就不见了。”

“为什么是昨天？”

爸爸露出一副摸不着头脑的表情，我突然眼眶发热，马上就要哭出来了。

“我也不知道啊，您快帮忙找一找吧。”

“好好，我来找，一看定位不就知道它在哪儿了吗，不用着急。”

爸爸可以随时通过电脑追踪机器人妈咪的位置，过去三年里，我们从没有对机器人妈咪进行过位置追踪，因为它从来没有突然消失过。

“奇怪啊，位置怎么显示不出来呢？是电源被关闭了吗？还是没电了？别着急，我来看看。”

机器人妈咪的位置和其他重要信息都会通过无线电发送到爸爸的电脑上，可是现在电脑上什么信息都没有。

“真是奇怪。”

“怎么了？爸爸，是不是机器人妈咪出什么事了？”

“不会的，别急，爸爸检查一下。”

爸爸急急忙忙地下楼，跑向了研究室。爸爸急匆匆的背影让我稍微安心了一点儿。机器人妈咪应该没有出事吧……

“别担心，没事的，机器人妈咪应该只是去散步了，我给它安装了太阳能电池板，也不用担心它电池没电了回不来。即便是出了点儿小故障，它也能自己解决，它很聪明的，这一点你不也知道吗？”

我知道，可是……我脑海里已经想象出了那个画面：电量耗尽的机器人妈咪躺在陌生的街边。可是还有一个更大的问题，那就是无条件关机功能。世界上的所有家用机器人都有这个功能。为了防止机器人伤害到人类，无论是谁，只要按下机器人的电源键并向机器人说“世界机器人法第0条，为保护人类暂时休眠”，电源就会完全关闭。在电源关闭的同时，机器人会自动向主人发送位置信息，可是如果机器人最后关闭电源的地方没有信号，那位置信息也会发送失败。突然想起来新闻上说，有的坏蛋会先利用机器人的无条件关机功能关掉机器人，然后再删去机器人的定位功能，再把机器人走私贩卖到国外。我的机器人妈咪不会正被收废品的卡车拉到废品厂去吧？只是想一想我都要伤心死了。

这时，露美打来了电话。

“怎么没来上学？出什么事了吗？”

我哇地一下哭了出来。

“机器人妈咪不见了，哪里都找不到它，我该怎么办啊……”

“啊？真真，别担心，机器人妈咪一定会回来的，即便是有什么事也别怕，你爸爸会帮你把它找回来的。”

“可是现在连定位都找不到，万一它被绑架了怎么办？万一它被带到外太空怎么办？”

“别乱想了，不会的，机器人妈咪可不是普通的机器人啊，它那么聪敏，那么厉害。别哭了，赶紧想想机器人妈咪能去哪儿。你不是名侦探吗？你一定能找到的。”

“嗯，知道了，谢谢你露美。”

挂掉电话后，我开始思考寻找机器人妈咪的办法。

第一个办法是坐在家里等它回来。

机器人妈咪那么聪明，那么厉害，又那么爱我们，一定会自己回来的。可是一直在家里这么等着，我就只能像热锅上的蚂蚁——急得团团转。

第二个办法，我还可以找机器人警察帮忙。

不过听说机器人警察对待所有机器人都有一点儿粗暴，像对待罪犯一样，我不太想找他们帮忙，因为我不想让机器人妈咪心里不痛快。还有，万一被别人知道机器人工程师家里的机器人都丢了，以后肯定没人愿意买爸爸研发的机器人了。

第三个办法是我去找它，虽然会有一点儿危险……

“没错，就是第三个办法，要是我出了什么事，机器人妈咪也会冒着生命危险去救我的。”

心里一下子有了底气，我赶紧起身朝爸爸的研究室跑去。

“爸爸，我要亲自去找机器人妈咪，您快告诉我机器人妈咪昨天刚出门的时候往哪个方向走了，我朝着那个方向找，一定能发现线索的。”

“嗯……行，但是你要注意安全啊。”

其实这并不是单独行动，我还带了几个能帮上忙的机器人。我和爸爸分头行动，爸爸负责登录我们家的安保系统和路边的安保系统查出机器人妈咪的行动轨迹，我负责出门寻找，我们两个电话联络。

“真真，昨天晚上 6 点左右机器人妈咪去了你学校的方向。”

我按照爸爸的指令朝学校方向走去。

“离学校越近，机器人妈咪走得越快，它边走边向四周张望，还给你打了电话。你昨天没接到它的电话吗？”

那个时间我正在露美家里呼呼睡大觉，根本没听到电话铃声。

“爸爸，机器人妈咪没进学校吗？”

“没有，它去了学校对面的胡同，朝着美路第三小巷走去了。”

我也朝着美路第三小巷走去，赛蒙的商店就在那条街上。

“咦？机器人妈咪的道路监测传感系统突然显示得很

模糊，真真，你等一下啊，我检查一下。”

爸爸叫我等一下，可是我觉得这“一下”太漫长了。就在这时，昨天对机器人妈咪说我要去赛蒙商店的场景突然出现在我的脑海里，机器人妈咪是不是去赛蒙商店找我了？这样的话，这条街上一定能找到机器人妈咪的踪迹！

我从背包里拿出了蜜蜂侦探机器人，它们原本是帮助人类擦玻璃的机器人，因为我喜欢侦探游戏，所以爸爸把

它们改装成了侦探机器人。改装之前，只要打开蜂箱，数百只蜜蜂机器人就会飞到玻璃上，把玻璃擦得干干净净。改装之后，它们会飞到各个角落，收集各种情报。

“蜜蜂们冲啊，帮我找到机器人妈咪！”

我打开了蜂箱，小小的、黄色的蜜蜂们一下子冲了出去。蜜蜂们嗡嗡地叫着，飞向了巷子的每一个角落。可是奇怪的事情发生了，所有靠近赛蒙商店的蜜蜂都突然落到了地上，我把掉在地上的蜜蜂们捡起来，走到离赛蒙商店远一点的地方，蜜蜂们渐渐恢复了正常。可是，当它们再次飞到赛蒙商店时，又突然掉到了地上。看来，赛蒙商店周围有很强的信号屏蔽电波，所以蜜蜂机器人在这里飞不起来，道路监测传感系统一到这里也会故障。这家店果然很可疑。

我站在赛蒙商店门口犹豫了很久，要进去吗？不行不行，太危险了。可是万一机器人妈咪在里面怎么办？我怎么能扔下它不管呢？说不定赛蒙正在拆解它，把它身上的变形机械手指拆下来呢！

我深吸了一口气，再次来到赛蒙商店门口，推开了可疑商店的那扇门。

“谁啊？今天不营业。”

屋里传来赛蒙粗鲁的声音。

“是我，真真。”

砰！我听到了铁门被关上的声音，接下来是赛蒙沉重的脚步声。

“什么事？”

“那个……我也想买机器狗。”

“你以为我会相信你说的话吗？”

赛蒙盯着我，我在他的眼睛里看到了怀疑。

“我说的是真的，露美买的那只摇摇太可爱了，而且还很忠诚……”

啊，我是不是不该跟他夸摇摇忠诚，毕竟他是被摇摇咬过的人。可是我想不到其他借口。赛蒙瞪着眼睛看着我，我赶紧拿起门口的卷毛狮子犬说：“我喜欢这个！但是它的声音不太好听，您能帮我把它的声音换一换吗？您不是很会修理机器人吗？也很会……”

唉，我也不知道自己在说些什么。要想找到线索，首先要留在这里，就凭我这样胡言乱语，不知道还能拖延多久。

“刚才我已经说了，今天不营业。”

“为什么？”

我把卷毛狮子犬放下，然后把手放进了口袋里。我摸到口袋里的迷你机器人，把它偷偷戴在了手指上。迷你机器人是一种扫描机器人，把它戴在手指上触摸物体，就能看到物体另一边的东西。我把戴着迷你机器人的手指按在墙壁上，偷偷来回滑着。

“你干什么呢？”

“我什么也没干啊，就是，就是在想一些事情。我爸爸太忙了，他没时间帮我修理这个。您就行行好，帮我把它的声音换一下吧，我要买下它。我看您桌子上有那么多工具，简直比专业的机器人工程师还厉害。”

我小心翼翼地、一步一步地朝桌子的方向移动过去。最后，我终于移动到那扇可疑的铁门旁边，刚要把戴着迷你机器人的手指贴上去，赛蒙飞快地走过来挡在了我面前。

“别废话了，赶紧出去，我一会儿也要出门了。”

“啊，好的。”

没办法，我只能向后退了几步。就在这时，桌子上的一个皱巴巴的创可贴进入了我的视线。我把创可贴攥在手里，趁着赛蒙不注意赶紧展开它看了一眼。天哪，这是我亲自给机器人妈咪贴上的那个创可贴，是我家那个有火星人图案的创可贴！

“叔叔，这……”

不，我不能现在问他，现在就问他太危险了。上来就打破砂锅问到底并不是勇敢的表现，在提问之前要做好充足的准备，让他无处可退！

我老老实实地从商店里走出来，咽下了一口口水，有种劫后重生的感觉。

机器人妈咪，我知道你一定在这里，再忍一忍，我一定会把你救出来的。

未来，机器人与我们同在

看不见的机器人会越来越多吗？

现在很多机器人在帮助人类做各种各样的事，它们有的在外太空，有的在危险的工地，还有的在医院。如今我们生活中的机器人也越来越多了。尤其是住宅、电冰箱、汽车等，都已经用上了机器人技术，这些看不见的机器人将会越来越多。在汽车上装好机器人功能，不用人类自己开车，汽车能自己掌握路况，把人类又快又稳地送到目的地。把机器人功能装到建筑物上，人们就不再需要钥匙和密码锁，建筑物能自动识别主人的脸，给主人开门。

随着看不见的机器人越来越多，人们的生活会更加便利，但也会有很多隐患，特别是对个人隐私的保护会越来越难。一旦有人怀着坏心思攻击我们的电脑，我们的身体健康情况、财产情况就会被别人知道得清清楚楚。在未来，很可能有人利用机器人监视他人、加害他人。所以现在的机器人工程师们考虑到机器人技术的优缺点，也在研究预防相应状况的技术。

如果机器人伤害人类怎么办？

电影中很多变得比人类还聪明的机器人会攻击人类，引起混乱。但在现实生活中机器人几乎没有引发过什么混乱，因为机器人的想法来自人类，机器人没有能力自己改变这些想法。当然了，除非是系统中毒或者出现错误了，机器人才会不听使唤，攻击人类。还有一些坏人可能会利用机器人伤害别人。

机器人还被应用到了战争当中。在阿富汗战争中，美国就使用了无人机“捕食者”对阿富汗塔利班进行攻击。无人机飞到阿富汗上空拍摄影像，发送到美国后，美军根据这些影像指挥“捕食者”发射导弹。

世界上很多国家都在研究军用机器人。他们热心于研究不用人类操控就能自动判断敌人方向、消灭敌人的机器人杀手，备受争议。

第6章

机器人妈咪营救大作战

“爸爸，您快来一下赛蒙商店吧，机器人妈咪应该就在这里。”

话音还没落，爸爸就出现在了我的面前，他说他一看到我用迷你机器人扫描过去的视频，就立马坐着飞速滑板机器人赶了过来。

“爸爸，机器人妈咪一定在里面，我看到了之前我给它贴上的创可贴……”

“嗯，我也看到了。”

“您还看到什么了？是不是机器人妈咪真的倒下了？它

没受伤吧？”

我着急得哭了出来，爸爸拍了拍我的肩膀说：“真真啊，现在不是哭的时候。”

“嗯，我知道，我们要赶紧行动。”

我攥起拳头，擦了擦眼泪，再次来到了赛蒙商店的门口。爸爸紧紧地握住我的手，我们的家人——机器人妈咪，它被坏蛋赛蒙抓起来了，我们两个现在就要去营救它！

爸爸使劲推了推赛蒙商店的大门，可是大门一动也没动，赛蒙从里面把门锁了起来。

“有没有解除大门安保系统的办法？要不把他家的安保系统黑掉？”

“黑掉？用不着那么复杂，我们用最原始的方法。”

最原始的办法？只见爸爸拿起了滑板，这款滑板是用特殊陶瓷制成的，非常坚固，连防弹玻璃都能打碎。

“有时候最原始的办法就是最好的办法。你往后退一点儿。”

爸爸举起滑板朝商店的玻璃窗使劲地砸去。这几年，再愚蠢的强盗也不会用这种方法，因为这种方法会马上引来警察。但是现在我们正需要警察的帮助，可以说是一石二鸟了。

我们以最快的速度冲了进去，听到响动的赛蒙吓得赶紧站了起来。

“你们这是私闯民宅！我要报警！”

“报警？我们也正想报呢，你这个坏蛋！”

这是我出生以来第一次听到爸爸这么粗鲁地说话。

“爸爸，在那儿！机器人妈咪应该就在那扇铁门后面。”

我跑到那扇铁门前，转动门把手，可是大门怎么也打不开。赛蒙慌慌张张地跑过来把我拽到了一边。

“找机器人妈咪怎么找到我这儿来了？它没在我这里，都给我出去。”

“别装蒜了，我都知道了。想活命就给我让开。”

虽然现在情况危急，可是爸爸好像在背动画电影里的台词，我好想笑。

“真是敬酒不吃吃罚酒。”

赛蒙朝爸爸踢了过来，用的是爸爸给他装上的超大力机械腿。爸爸稍稍弯了一下腿，然后突然像弹簧一样一跃而起，避开了赛蒙的攻击。这一刻，爸爸把他在极限运动中练就的过硬本领全都展示了出来。

“你以为我会把最好的机械腿给你吗？尝尝我这款最新机械腿的厉害吧！”

砰！爸爸跳得太高了，以至于脑袋撞上了天花板。但是爸爸面不改色，用他那超级无敌机械腿朝赛蒙踢了过去。爸爸的这一记踢腿和当年李小龙的踢腿一样帅。赛蒙被踢得撞到了墙上，摔到了头，墙壁一旁堆放着的二手机器人哗啦啦全都倒了。

“啊，你给我等着。”

赛蒙站起身来，双手抱着头一瘸一拐地走了过来。爸爸高高地举起双手，朝他喊道：“你这个电子人坏蛋，还没结束呢，看我的机器人病毒攻击！”

爸爸把手里攥着的圆球抛向了空中，圆球在空中破碎炸开，变成了肥皂泡泡。肥皂泡泡在空中飘啊飘，有的落在了地上的二手机器人上，有的落在了玩具机器人上，有的落在了机器人零件上。爸爸的机械腿和赛蒙的机械腿都沾上了肥皂泡泡。仔细一看，只有赛蒙腿上的肥皂泡泡噗噗地破裂了，同时赛蒙的腿突然变得像木头一样硬邦邦的，不能打弯了。

“啊，我的腿，我的腿不能动了。”

赛蒙站在原地一动也不能动。

“哈哈哈，知道机器人病毒的厉害了吧？这是我专门为 JJ-LK2019 号机械腿制作的病毒炸弹，对别的机器人都不起作用，只对你这条腿起作用。”

“啊，不要！还我的腿，把我的腿还给我！”

赛蒙用手移动着机械腿，可是他的腿就像长在了地上，任由赛蒙使出浑身解数，它就是不动，急得赛蒙挥舞着双臂，原地抓狂，最后跌坐在了地上。一旁的爸爸用手比出 V 字，露出了微笑。

“果然，我还是喜欢旧式的东西。直接扔炸弹比用通信技术发射病毒刺激多了，不是吗？哈哈哈……”

爸爸还沉迷在这种扮演英雄、打倒坏人的游戏中，而我只想赶紧救出机器人妈咪。我走到桌子前，拿起桌子上的铁锤。这个铁锤又大又重，可是为了营救机器人妈咪，这点重量又能算得了什么呢？

“爸爸，我们要打开这扇门，机器人妈咪就在里面。”

我刚举起锤子要砸向门把手，黑色的铁门突然自己开了。从屋子里走出来的不是别人，正是我的机器人妈咪。

“机器人妈咪，你还好吧？到底是怎么回事啊？我们还以为你被无条件强制关机了呢，急死我了，你没受伤吧？你怎么跑到这里来了？”

我一把抱住了机器人妈咪，机器人妈咪拍了拍我的肩膀，爸爸在一旁哈哈大笑起来。

“对不起，真真，让你担心了，我的确被无条件强制关机了，刚刚才醒过来，现在没事了。”

“多亏了我未雨绸缪啊，是我给机器人妈咪的无条件自动关机系统做了一些调整。原本被无条件关机的机器人只能等主人重新开机它才能重新启动，我调整之后，机器人妈咪只需要等 12 小时就能自动开机。”

“爸爸，干得漂亮，还是我爸爸最厉害！”

我家机器人妈咪绝对不会伤害人类，没有无条件强制关机系统也不用担心，因为机器人妈咪不是一般的机器人。可是它自己却不这样想。

“博士，这是违法行为，请您遵守法律，重新调整。”

“这对你没坏处啊，不调整回去不行吗？”

“不行，真真，机器人法之所以存在就是为了促进机器人和人类和谐共存的。按照个人意愿私自更改，最终会酿成大祸。”

机器人妈咪说得很对，可是我还是想让它能和其他机器人有一点儿不一样的地方。

这时，警察们赶到了，爸爸把赛蒙交给警察，把事情的经过也如实告诉了警察。

“您是说这家店的主人偷了您家的机器人吗？”

警察调查了赛蒙的身份，原来赛蒙早就因为机器人盗窃事件正在被通缉，他把机器人偷过来改装之后再卖到其他国家去。

“你是想把我家机器人妈咪也卖到国外吗？真是太过分了！机器人妈咪可是我们的家人！”

我气得朝赛蒙大喊大叫，没想到他不仅不道歉，还埋怨起了爸爸。

“我也没想害它，但是总不能让到嘴的鸭子飞了吧？它身上可装着我最想要的变形机械手指呢。这都怪你江博士，如果你当初把我改造成机器人，我也不会抓着这个机器人不放。你可以把我的大脑改成最善良的人工智能大脑啊，说不定我就成为最善良的机器人了呢。那个机器人妈咪可以使用最新功能,为什么我就不行？这太不公平了！”

“因为你是人类啊，人类要通过自己的努力完善自己。”

“我不管，我不管，我不管！总有一天我会变成机器人的，你们等着瞧！”

赛蒙一边喊着一边被警察带走了。万一以后赛蒙真的变成了超级机器人怎么办？真是让人担心。他要是变成了超级机器人，那肯定是个超级坏蛋机器人。人类当初到底为什么制造机器人呢？没有机器人就没有这么多烦恼了。

“爸爸，人类真不应该创造机器人，要是机器人像电影里那样伤害人类怎么办？”

“放心，机器人不会伤害人类的，即使它们真的伤害人类，那也不是机器人的错误，是指挥它们的人类的错误，因为机器人不可能自己做决定，一定是受了人类的指使。机器人不仅不会害人，它还是连接机器和人类的桥梁，它让我们的生活更加多姿多彩，就像机器人妈咪那样。”

没错，要是没有机器人妈咪，要是没有机器人妈咪一直像妈妈一样给我无微不至的照顾，我的生活该多么无趣、多么孤独啊？我紧紧抓住了机器人妈咪的手，抓住了赛蒙一直想要拥有的变形机械手指。

“机器人妈咪，你是怎么被赛蒙抓起来的？”

“你一直没回家，所以我就来这里找你了。那个叫赛蒙的人说你在铁门里面，于是我就进去了，然后就被他关了起来。”

“你居然相信了？我怎么会跑到那个仓库里去？我最讨厌黑漆漆的地方了，那时我正在露美家呢。”

“嗯，应该是我的判断力下降了。要让严博士帮忙修理一下我的人工智能软件了。看来我是太担心你了。”

即使妈妈修理了软件，机器人妈咪也不会好转的，因为它实在是太爱我了，所以不可能不担心我。有的时候太担心了，就会像现在这样判断力下降。不过没关系，从现在开始，我来照顾机器人妈咪就好了。

就这样，我牵着机器人妈咪的手朝家的方向走去。

我想成为机器人工程师!

成为机器人工程师需要学习哪些东西呢?

在从小就对机器人情有独钟的小朋友，或是对电脑等电子产品感兴趣的小朋友中，很多人都想成为机器人工程师。现在关于机器人的书、组装机器人的玩具套装也越来越多。还有机器人足球赛、机器人组装比赛，大家可以通过这些接触到机器人，培养对机器人的兴趣。

制作一个机器人需要很多种知识和技术，尤其是需要机械、通信和计算机方面的知识和技术。所以，最好能去这些专业比较优秀的大学学习相关知识。近来，开设机器人工程专业的学校越来越多，大家也有更多的机会学习机器人工程学了。

对机器人工程师来说，最重要的是要和机器人长时间相处，把机器人当成朋友、家人，与它们亲密接触。另外，机器人工程师还要研发出属于自己的技术，而不是一心只想着赶超别人。只有拥有研究机器人的热情，不断努力，走出一条属于自己的道路，才能成为引领未来的伟大机器人工程师。

请再多讲一讲机器人足球赛吧。

机器人足球赛，顾名思义，就是机器人的足球比赛。一开始参加比赛的机器人还是小车形状的——在小方盒子上配上轮子。如今参赛的机器人已经可以像人一样完成一些比较高难度的动作了，它们可以带球，传球，还能射门。世界上有很多有名的机器人足球赛。

就像人类的世界杯足球赛一样，机器人也有机器人世界杯（Robo Cup），每年的机器人世界杯都备受瞩目。除此之外，还有一个机器人足球赛叫作 FIRA CUP，最早由韩国高等技术研究院的电子计算机学教授金钟焕提出。1997 年，FIRA（国际机器人足球联盟）成立，到今天，FIRA CUP 已经发展成一个世界级比赛盛会。近来还有很多青少年比赛，年龄比较小的儿童、青少年都能参加。除了机器人足球比赛，还有机器人跨栏跑比赛、机器人舞蹈比赛等，比赛项目简直像奥运会一样丰富多彩。有了这些比赛，我们接触机器人的机会变得更多了。

图书在版编目（CIP）数据

奇怪的机器人商店 /（韩）郑在恩著 ;（韩）金重锡绘 ; 高思宇译 . -- 北京 : 中信出版社 , 2023.6
（“小学生前沿科学奇遇记”系列）
ISBN 978-7-5217-3708-0

Ⅰ . ①奇… Ⅱ . ①郑… ②金… ③高… Ⅲ . ①长篇小说－韩国－现代 Ⅳ . ① I312.645

中国版本图书馆 CIP 数据核字（2021）第 253809 号

奇怪的机器人商店

（“小学生前沿科学奇遇记”系列）

著　　者：［韩］郑在恩
绘　　者：［韩］金重锡
译　　者：高思宇
出版发行：中信出版集团股份有限公司
（北京市朝阳区东三环北路27号嘉铭中心　邮编　100020）
承 印 者：宝蕾元仁浩（天津）印刷有限公司

开　　本：880mm × 1230mm　1/32　　印　　张：3.75　　字　　数：67千字
版　　次：2023年6月第1版　　印　　次：2023年6月第1次印刷
京权图字：01－2021－5708
书　　号：ISBN 978－7－5217－3708－0
定　　价：19.80元

出　　品：中信儿童书店
图书策划：将将书坊　　策划编辑：张慧芳　高思宇　　责任编辑：谢媛媛
营销编辑：杜芳　　封面设计：周宴冰